Erstausgabe 18,–

Ulrich Becher

Abseits vom Rodeo

Novelle

Lenos Verlag

Erstausgabe

Satz und Gestaltung: Lenos Verlag, Basel
Umschlag: Anne Hoffmann
Foto: Katrin Zickendraht
Printed in Germany
ISBN 3 85787 210 1

Abseits vom Rodeo

Flucht

1

Harry lief, das gemeine Gegröl etwa zwanzig Yards hinter sich, lief, rannte, was er konnte, teils auf der Bordschwelle, teils im ausgetrockneten Rinnstein des linken Bürgersteigs, Achte Avenue Westmanhattan, in Richtung Downtown. Die Massen der über fast dreissig Strassenblocks weit Spalier Stehenden in Erwartung des alljährlich im „Indianersommer", zweite Septemberhälfte, Aufzugs und Einzugs, Kavalkade und Parade, die sich vom Columbus Circle, 59. Strasse West Central Park Süd bis zum Pennsylvania-Bahnhof, 31. Strasse hinabbewegen würde zur Eröffnung der traditionsgemäss im Sportpalast Madison Square Garden stattfindenden Cowboy-Reiter-, Wildwest-nostalgischen Ritterspiele, genannt

RODEO

– die Spaliersteher der Achten Ave, Eckensteher der Fünfziger Strassen Westmanhattans, würden den jungen Sprinter so um 17 Uhr 30, Sprinter im Anzug aus dünnem gemsenfarbnem Manchestersamt und offenem korallenrotem Hemd, womöglich für einen Televisionsreporter halten, der's leicht verspätet eilig hatte, zu seinem Kamera-Team durchzustossen. Optische Täuschung: Harry Neuwinter, 25,

Philosophiestudent der Columbia-Universität, rannte, was er konnte, vielleicht nicht um sein Leben, nur um sein Gesundbleiben, rannte die Fünfziger Strassen abwärts, weil er wusste, dass Vize Spiro Agnews Schweigende Mehrheit ihm auf den Fersen war, eine, die ganz und gar nicht schwieg.

2

„Where is this young red bastard with the pale face? We'll get him! And beat the hell out of him!" Weniger wie Gegröl anzuhören denn als improvisierter Chor gewaltiger Rülpser, hervorkollernd aus dem Halbdutzend Schweigender Mehrheitler, das hinter ihm her war: Wo ist der junge rote Bastard mit dem blassen Gesicht, wir kriegen ihn schon und prügeln die Hölle aus ihm raus! Harry hatte (im Wortsinn) Heidenangst, denn die, die ihn verfolgten, hielten sich ja für Christen, Vertreter und Verfechter des American Way Of Life, des Christlichen Wegs. Er war kein Angstmeier, doch fürchtete er sich nicht davor, gesunde Angst zu haben. Sein Vater Hannes Neuwinter, Badenser Oberstleutnant im Generalstab des Ersatzheers der Wehrmacht, war im Mai 44 letztmals zu einem 3-Tage-Urlaub nach Freiburg im Breisgau gekommen und hatte seinen einzigen Sohn gezeugt (Harrys Zwillingsschwestern anderthalb Jahrzehnte älter); hatte teilgenommen an der Verschwörung des 20. Juli und war nach deren opferreichem Scheitern, war und blieb verschollen. Gerüchtweise verlautete, dass er sich irgendwo auf der Ostfront-Linie Bialystok–Kowno zur Roten Armee abgesetzt habe; andrerseits fungierte sein Name nie unter denen des (nach der Stalingrader Schlacht u.a. vom Grafen Einsiedel gegründeten) *Nationalkomitees Freies Deutschland*, auch späterhin nicht. Mehr oder minder direkt Bekanntschaft hatte Harry bei seinem Übergang vom Embryo zum Fötus mit der Gestapo und dem SD gemacht, die seine Mutter zweimal inhaftierten, drüberhinaus Wochen bis Monate währenden Verhören unterzogen (ohne Erfolg übrigens, da Frau Terlinde Neuwinter in Tat und Wahrheit nicht das Geringste wusste, weder von den „Führer"-Beseitigungsplänen noch dem Verbleib ihres Gatten). Also war ihrem einzigen Sohn das TALENT ZUM FLÜCHTEN angezeugt, angeboren, bevor er geboren wurde im Februar 45.

„Wir schnappen ihn uns, den jungen Hundesohn und prügeln ihm die Scheisse aus dem Leibe!", der abgewandelte Schlachtruf seiner Verfolger. „Dann kann er sich gleich um die Ecke Einundfünfzigste in der Poliklinik zusammenflicken lassen!"

Nett formuliert und vergleichsweise harmlos, aber sooo ganz harmlos denn auch wieder nicht, durchfuhr's den Rinnstein-Sprinter. Nur vom Hören-Sagen-Lesen-Weinen – Weinen, das die Rapporte der Mutter unterbrach, ja auch noch zwanzig Jahre danach, der beiden ältern Schwestern, der Grossmutter väterlicherseits – wusste er ums Missglücken jenes viel zu späten Versuchs Bescheid, den völkermörderistischsten Psychopathen der Geschichte zu stoppen. An zweihundert wurden in Plötzensee nach dem wortwörtlichen Befehl des Obersten Kriegsherrn A.H. an kurz gekappten Galgen „aufgehängt wie das Schlachtvieh". Der Oberst Neuwinter war entkommen, seine Frau der Sippenhaft entgangen, die weitere 5000 Todesopfer zeitigte nach Reichsheini Himmlers Devise „Dies Blut ist schlecht, da ist Verräterblut drin, das wandert in den Abfluss". Zeit: ein relativer Begriff, und so fand Harry im Lauf, im Dauerlauf seiner Fluchtminuten Zeit, darüber nachzusinnen, dass er seinen Vater nur von Fotos her kannte, die den Haussuchungen der Geheimen Staatspolizei entgangen waren. Aus Erzählungen Der Winterlinde (wie seine Mutter von Freunden des Hauses genannt wurde), der Schwestern, Grosseltern u.a. Doch hatten seine Kinderaugen noch die selbstmörderischen Verwüstungen geschaut, die der Hitlerkrieg im Land Baden hinterlassen gehabt, und weil er ein talentierter Konsequenzenzieher war, hatte er jedwedes Abziehbild imperialistischen

Kriegs hassen gelernt und vor fünfviertel Stunden als Gefolgsmann der vom berühmten New Yorker Kinderarzt Dr. Benjamin Spock angeführten Demonstration rings um den Columbus Circle, an der Vierten Anti-Vietnamkriegs-Rallye teilgenommen. Ende April dieses Jahrs 70 hatte Präsident Richard Milhous Nixon auf Millionen Fernsehschirmen in einer „global Kommunismus bekämpferischen" Rede sich mit seinem Entschluss gebrüstet, den Vietnamkrieg zu erweitern. Nicht nur Hochschul-Amerika rebellierte, aber Es am heftigsten und die *National Student Association* forderte die Amtsenthebung des Präsidenten, worauf dieser die riesenland-auf-ab protestierende akademische Jugend als „Landstreicherpack" apostrofierte, und so konnt's zu jenem Montag kommen, 4. Mai, da auf dem Campus der Kent-State-Universität von Ohio ein sog. kleines Blutbad veranstaltet wurde, vier demonstrierende Studenten kurzerhand von der Nationalgarde erschossen.

Harry lief. Er hatte Thornton Wilders *Brükke von San Luis Rey* gelesen und kürzlich die autobiografische Studie eines Selbstmordkandidaten, der mit seinem Fenstersturz aus dem ixten Stock zunächst gezögert hatte, deshalb von der Feuerwehr per Sprungtuch gerettet werden konnte. (Wahrscheinlich verfügte New York City über die längsten Feuerwehrwagen der Welt.) Der Kandidat berichtete in mehreren Kapiteln, was alles ihm während der Sekunden „des Falls eingefallen" sei. Und so fiel dem Sprinter ein: Nelson Rockefeller, Gouverneur des Staats N.Y., hätte sich's nicht leisten können, die heutige Rallye durch Einsatz der Nationalgarde zu sprengen. Lindsay, liberal-demokratischer Oberbürgermeister der Stadt, würd's nie zugelassen haben. Doch da waren die Rabauken von Vize Spiro Agnews alles andre als Schweigender Mehrheit, ja – „Aus dem blassen jungen Bastard mit dem Rothemd machen wir ein Hamburger Steak!", eine neue Variante ihres Schlachtrufs, und Harry wusste, dass es hierzuland reaktionäre Vietnamkriegsbegeisterte Gewerkschaftsbonzen mit eignen Rollkommandos gab, deren eines den relativ progressiven Unterführer der Bergarbeiter-Gewerkschaft, Yablonski, am letzten Silvesterabend in seinem Haus samt Frau und Tochter ermordet hatte.

Warum haben die es heute eigentlich speziell auf mich abgesehen? Weil ich die Bürgerrechtler-Hymne „We will overcome ..." so emphatisch mitgesungen hab? Soll ich über den bereits für den Durchgangsverkehr gesperrten Fahrdamm der Achten rüberpreschen in die 54. Strasse? Hudson-wärts rennen bis zum 18. Polizeiprecinct (-revier, wie man in deutschen Landen sagt, auch so ein „Lehnwort", was einem alles so durch den Kopf ...)

Wie werden die mich dort aufnehmen?

Werden sie mich schützen vor Agnews Schweigenden-Mehr-Rabauken? falls ich gestehe, aktiver Teilnehmer an der heutigen Rallye contra Vietnam-Krieg, zudem Ausländer mit einem Columbia-Uni-Stipendium?

Wo sie, die Cops zumal vom 18., alle Hände übervoll zu tun haben, einerseits die spontane Rallye aufzulösen, andrerseits den traditionellen Reiterspiel-Festzug zum Madison Square Garden runterzuschleusen?

Von der Rallye zum Rodeo ...

Wenn ich die Beine unter die Arme nähm und es bis zur 46. Strasse schaffen würde, bis zu Willies CAPTN OF COPENICK'S INN, meinem Lieblings-hang-out in der ganzen Riesenstadt. Willie, gebürtiger Berliner, seit zwei Jahrzehnten in Manhattan ansässig, fit in Judo, Jitsu und Karate, würde mir helfen. Helfen, bestimmt. Doch bis zur 46. schaff ich's nicht.

Die jüngste Gröl-Variante von Spiro – Maryland-Spirochäte, wie Willie ihn zu nennen pflegt – Agnews Mannen lässt etwas in mir schlottern. Aggressions-Slogan, WAS wollen sie aus mir machen?

Hamburger Steak.

Hackfleisch.

Mein Vater dem Fleischerhaken entronnen.

Unerträgliche Assoziation. So renn ich nicht weiter. Sich binnen zwei Minuten irgendwohin verkrümeln. Zur Linken hinterm Gafferspalier im Block zwischen Vier- und Dreiundfünfzigster ein gestreifter Baldachin, wie er in Paris usw. Nightclubs markiert, in New York City auch das Entree von funeral parlors, „Beerdigungsheimen". Trautes Heim / Glück allei*m*.

Was einem Blitzrefugié alles durch den deutschen Kopf fährt –

Kein Beerdigungsheim, sondern eine Bar, mir bislang nie aufgefallen:

OLD CHILD'S TAVERN

Nichts wie rein, Harry-Boy, nichts wie rein.

Kein Langhaariger und kein Bärtiger, das aschblonde Haar auch nicht zu einer akademischen Crew-cut-Bürstenfrisur geschnitten, sondern modelos normal gescheitelt, sondern ein junger Mann von ausgesucht guten Manieren, vielleicht aus Boston, Neuengland, wenn nicht aus England selber, fiel's ihm nicht schwer, sich, Entschuldigungen murmelnd, durch das Halbdutzend Reihen der in Erwartung der Arizona- und Texaskavalkaden Spalier Stehenden zu schlängeln. Und so verschwand Columbia-Uni-Stipendiat im 2. Semester Harry Neuwinter spurlos vom Erdboden der Achten Avenue.

Asyl

1

Nein, hier drinnen war er noch nie gewesen. Das erste ihn merkwürdig Berührende, die gedämpfte Beleuchtung des Raums, keineswegs „intim", eher grottenhaft, oder wirkte das nur so auf ihn zufolge seinem flinken Flüchten aus der dunstigen Helle des Indianersommer-Nachmittags? Im Bemühn, seinen fliegenden Atem zu zähmen, erstieg er den erstbesten Barhocker, drehbaren Holzlehnsitz auf festgepflocktem Gusseisensockel. Zweites, was ihm auffiel: dass der Barkeeper einäugig war.

„What would you like to drink, Sir?"

Das breite Barfenster zur Achten halb verhängt von Portieren, die ihn wiederum merkwürdig anmuteten, wie aus Kohlepapier geschneidert oder wirklich einem „Beerdigungsheim" entlehnt. Das Deckenlicht unter bläulichem Milchglas, das indirekte Rampenlicht der Theke, die lange Neonlichtstange überm Flaschenregal, alles bläulich gehalten. Harry, noch verwirrt von der Hatz auf ihn, liess sich nicht gleich einfallen, was er bestellen sollte. Kein Sauf- oder Drogenbruder, auf keine Drink-Marke spezialisiert, von Manhattans tausenden Pinten kaum ein Dutzend besuchend (am liebsten Willies *Captn of Kopenick's Inn),* liess sich hier, im Unterschied zu denen, kein plakatierter Rat finden. Gern hätte er jetzt ein, zwei Viertel kalten Badenser Weins hinuntergespült, einen Markgräfler oder einen Kaiserstühler Weissherbst, doch wie unerreichbar weit war solcher Weissherbst in diesem Indianersommer? Kein okkultistisch-suggestives Werbeplakat wie RUPPERT'S, DAS BESTE BIER IM GANZEN UNIVERSUM, keins, das einen zu einem rhumisierten Cuba Libre einlud oder einem Martini Dry oder einem Scotch Whiskey JOHNNY WALKER STILL GOING STRONG. Hierorts nicht einmal eine Drink-Preisliste ausgehängt. Und das im Land, das die augenfälligsten Preislisten – Wall Street – und die augenfällig-knalligste Massenreklame des Bürgerzeitalters erheckte. Augenfällig. Augenfällig. Auge.

Allein das linke des Barmanns in weiss gestärkter, hier drinnen bläulich schimmernder Weste, das in gelassener Frage auf dem sein Keuchen verhaltenden neuen Gast ruhte, indes das rechte allzu schillernd-starr ins Nichts glotzte.

Ein Glasauge, durchfuhr's Harry.

„Was wünschen Sie zu trinken – Sir?" wiederholte der Barmann, die Arme auf dem Zinkblech spreizend, seine Frage sacht, wie nachsichtig. „Was kann ich für Sie tun?"

Er sprach Yankee-Englisch mit leichtem Italienerakzent, und vom Typ her, mit seinem vollen graumelierten Haar, erinnerte er Harry an den von ihm hochgeschätzten italienischen Film-Mimen Vittorio De Sica. In dem Augenblick – und H. Neuwinter, draufdran, seinen Master of Arts zu bauen, konnte nicht ahnen, wieviel solcher unerwarteten Augenblicke ihn in den zwei Folgestunden treffen würden – von dem professionell-gelassenen Ein-Aug-Blick getroffen und nach seiner Bestellung gefragt, dachte er sich: Vielleicht hat dieser anonyme De-Sica-Bruder sein andres, das rechte, im Zweiten Weltkrieg verloren, bei El-Alamein oder so.

„Nino, Old Child! Would you gimme another Tom Collins, please."

Die Frau thronte – ja, irgendwie thronte sie bei flüchtigstem Zusehn, wiewohl's ihm gewiss war, dass es keine Throne mehr geben würde, es sei denn eben solche in Bars – neben dem halb verhüllten Fenster an der Zinktheke. Bei seiner unverhofften Einkehr hatte er den Drehsitz neben ihr freigelassen und sich auf dem übernächsten plaziert, ohne sie vorerst zu beachten, und ihre Stimme klang ihm seltsam hell (nicht schrill), wie kindlich-herrisch vereinsamt, wie die irgendeiner halbwüchsigen Ruferin in irgendeiner Wüste. Hör-Eindruck, der ihn in seinem Notstand nicht, noch nicht interessierte, immerhin Rezept für eine Bestellung:

„Auch für mich einen Tom Collins, bitte."

„Okä", sagte der Einäugige, während er das Longdrink-Glas der Frau vom Zink nahm, um es auszuspülen, einen neuen Nachsommertrunk zu präparieren. Ohne geringstes Barmanns-Zeremoniell (und darin konnte Willie, Captn of Kopenick, sich jeweils auf seinen Gast einstellend, brillieren) mixte er je einen Schuss Gordon's Gin, Zitronensaft, flüssigen Zucker zusammen, wobei seine Einäugigkeit, abermals merkwürdig, seinem Augenmass zupass zu kommen schien. Goss das mit Sodawasser auf. Grapschte mit versilberter Zange drei Eiswürfel, versenkte sie im langen Glas nebst einer konservierten, unnatürlich rotgefärbten Kirsche, die obenauf schwimmen blieb. Bediente die Ma'am damit, setzte den gleichen „Langtrunk" Harry vor. Der dankte und nahm einen kurzen Schluck, bestrebt, seine Zitterhand zu meistern, und gleich drauf einen längern, wobei er die kardinalsrote kernlose Kirsche schnappte, zerbiss und schluckte; und die Mixtur dieses kalt-mildsüss-fruchtigen Indianersommer-Elixiers gab ihm ein bisschen von seinem „gottverdammten Gottvertrauen" wieder (um Käptn Willie in Gedanken zu zitieren).

Zum ersten Mal fand er Musse, sich etwas umzusehen in dem joint, der Klause, drein er geraten war. Da thronte, ihm halb zugewandt, Madam. Und weil sie ihm, obzwar unwissentlich, den Rat erteilt hatte, sich bei einem Tom Collins vom Jagdgegröl der Schweigenden Mehrheit zu erholen, gestattete er sich in etwas verspielt-altmodischer Courtoisie, so ein bisschen à la *Alt-Heidelberg*, ihr mit seinem dreiviertelgeleerten Glas pantomimischen Dank anzudeuten.

Minimes Unternehmen, mit dem er, wie man so sagt, auf Granit biss.

2

Madam liess ihren zweiten Tom Collins zunächst unberührt; oder war's ihr dritter, vierter? Was wusste Harry, der ja, erstmals hierhereinverschlagen, die Gewohnheiten der Stammgäste (zu denen sie zweifellos gehörte) nicht kannte. Wohl das zunächst Auffälligste an ihr die dunkelmalven getönte *Polaroid-Cambridge-Massachusetts*-Sonnenbrille.

Weshalb eigentlich so besonders auffallend? bei dieser nicht enden wollenden milchigen NACHSOMMER- – nein, Adalbert Stifter hatte Manhattan bestimmt nie besucht. Indianersommer-Helle vielmehr, zudem in einer Periode, da es Mode geworden war, sommers-winters - kurzsichtig - weitsichtig - normalsichtig hinher, die Augen mit getönten Gläsern zu fenstern, bzw. sie dahinter zu verbergen. DAS ZEITALTER DER AUGENVERSTECKER, dachte Harry unwillkürlich. (Gedankenspringen gehörte zu seinem Geistestraining). Da wär Baruch Spinoza, Brillenmacher von Beruf, mit seiner Handarbeit kaum nachgekommen, auch wenn sie ihn nicht befallen gehabt hätte, die Schwindsucht.

Das Auffälligste die die Schläfen quasi abkapselnde Breite der Brillen*bügel*, graubraunweisslich gescheckt, womöglich aus Büffelhorn, was-weiss-man: vielleicht der neuste *Polaroid*-Modegag. Mindestens anderthalb Zentimeter breit. Das Ohrgehänge (Ohrringe konnt man's nicht nennen, obwohl ringförmig, an altväterische Gardinenringe gemahnend) Caribbean style, entweder sog. Modeschmuck, wie heutzutage billig-schicker Tand genannt wird, oder eventuell auch, da von Gold in Silber spielend, aus echtem Platin, was-weiss-man: vielleicht ist Mädäm eine wohlhabende Unlustige Witwe, übrigens egal, schliesslich ist man alles andre als ein Mitgiftjäger. Jedenfalls schien das Gehäng nicht an den sichtbaren, im Vergleich zu ihrer Statur zierlichen Ohren befestigt, sondern direkt an den Bügelenden, konnte sein, um deren Schwere zu conterbalancieren.

Weswegen studier ich das eigentlich so diskret-interessiert übern Glasrand meines Tom Collins hinweg, wo ich doch soeben erst hierdrin Asyl gefunden hab vor Spiro Agnews Schweigender Mehrheit? Und was, wenn die in der nächsten Minute OLD CHILD'S BAR stürmt?

Der Einäugige würde mich kaum beschützen.

Mädäms Hund? Sehr unwahrscheinlich.

Ein altrosa T-Shirt, um beim Modequatschstil zu bleiben, weiter riskierend, sie in verstohlnen Augenschein zu nehmen; dazu eine indigoblaue Lee-Cooper-Blue-jeans-Kluft, die Jacke locker (und nicht eben symmetrisch) über die Schultern geworfen. Auch Blue-jeans-Anzüge mit aufgenähten Taschen und etwas Borten-Firlefanz in einer Spanne weltweiten Klassenkampfs sich als klassenlos Drapierendes. Blue-jeanshosenmätze und -mätzinnen, letztere ebenso unter Studenten der Freiburger Uni zu finden wie unter Hippie-Mädchen wie bei Nach-unten-Protzerinnen der High Society und Snobiety, auf neudeutsch: Schickeria. Das wiederum Auffallende, diesmal Mädäms Blau-Hanshosen betreffend, war – und Harry ahnte, im Verlauf so behutsamen Betrachtens seiner Tom-Collins-Drink-Nachbarin würde sich dies und jenes Unauffällige bis Auffällige zu einer schwer errechenbaren Summe addieren –, dass die Jeans hineingestopft waren in imitierte Reitstiefel. Nein, eher Ritterstiefel. Denn deren ihm unbekanntes Material erinnerte ihn an Lametta, jenen silbernen Christbaumschmuck, der aus Papier hergestellt sein konnte oder aus dünn gestanztem Panzerstahl. Beides gleichermassen unwahrscheinlich. Also Silberbrokatschuhe, wie sie von Damen auf Bällen getragen werden, emporstilisiert zu Gralsritterstiefeln? Oder angelegt zur Feier des Rodeo?

Sieht nicht so aus, als wenn ihr an dem Volksfest Von Texas Bis Manhattan viel gelegen wär.

Erinnert an ein Etwas, an dem überhaupt nichts liegt, statuesk auf hochbeinigem Schemel „abgesetzt", an eine Schaufensterpuppe aus Macy's Warenhaus. Erinnert, wenn man sich die beiden von früher Verhärmung zeugenden, flüchtig, ja gradezu ein wenig ungeschickt überpuderten Falten wegdenkt, niederziehend von den Flügelchen der zierlichen Nase zu den Winkeln der kaum geschminkten, im Wortsinn reizenden Lippen, an eine zu ungezählten Malen abgebildete, über hunderttausende Leinwände geflimmerte Blondine. Aber an welche? Neuengland oder Mittelwest? An Marilyn Monroe vielleicht, die geselbstmordete? Mein ganz grosser Liebling mit dem klassischen Busen und – zuweilen – Tigerinnengang, der am besten zu beobachten gewesen in ihrem Niagara-Falls-Film. Nein nein. Oder an Lana Turner, die in der Verfilmung des Romans *Payton Place* brillierte (kein Opfer ihrer Kindheitsmisere wie die Monroe). Schauerlich bizarr, dass Lanas Liebhaber von ihrer eignen Tochter erstochen wurde. Nein, auch nicht an die Turner. Oder an Carole Lombard, letzte grosse Liebe des ungekrönten Königs von Hollywood

Clark Gable, die bei einem Flugzeugabsturz ihr Leben lassen musste, wie man so sagt. Wie kommt's eigentlich, fragte sich Columbia-Stipendiat Harry Neuwinter, der vorzog, Nachmittagsvorlesungen, die ihn mopsten, zu schwänzen, um sich in halbleeren Upper-Broadway-Cinemas ältere Filme anzusehn, wie kommt's, dass drei „Traumfabrik"-Grazien der fünfziger Jahre derart verfolgt bis zerstört wurden vom Künstlerinnenpech?

Nein, Mädäm erinnerte an keine der drei und man konnte aus ihr nicht klug werden und sich nicht mal erinnern, an wen sie einen erinnerte. Ihr leichtgewelltes teebraunblondes Haar (kein gefärbtes, wie das durch den Vorhangspalt einfallende Tageslicht verriet) ziemlich kurz geschnitten. Fast zu einem sog. Tituskopf, ja, und fast genau von der Fellfarbe des aussergewöhnlichen grossen Airedale-Terriers, der langgestreckt auf dem Bauch zu Barhockers Füssen ruhte. Mädäms Archetyp ... man hätt beizeiten C.G. Jung anfragen sollen, ob's archetypische Stars gab, kein verunglückter Stern ... eine, die aus einer Flimmerkarriere hinaus einen Sprung getan hatte in ein antiquiertes, dennoch reales abend-, ja abendländisches Operettenglück. CZARDASFÜRSTIN? Bei allen Göttern, nicht die ungarnstämmige lichtblond gefärbte Skandalnudel und approbierte Dollarmillionärsheiraterin Zsazsa Gabor. Fürstin? Noch verdattert von der Flucht vor Agnews Schweigender, fällt's einem nicht ein, na wenn schon. In kleinem Drehstuhlruck wandte sich Harry erstmals nach links, um die ganze Theke in Augenschein zu nehmen. Dass sie so spärlich besetzt war, verwunderte ihn vorerst kaum. Alles, was Augen hatte zu sehn und Ohren zu hören, drängte sich in der Phase des Festbeginns auf den Bürgersteigen der Achten, um den Rodeo-Durchzug zum „Garden" nicht zu verpassen. Vier der gusseisernen Barthrone bzw. -hocker frei; auf dem fünften hockte ein ziemlich hochgewachsener Mann von etwa Mitte 50, Senior gutgebauten Western-Typs. Weshalb er nicht als Ehrenritter mitmachte beim Rodeo-Opening? Das – das hatte offenbar seinen guten, vielmehr unguten Grund.

Ein Blinder.

Im Unterschied zur Frau am Fenster trug er keine *Polaroid* mit eklatant breiten Bügeln, sondern eine nichtssagende Nickelbrille mit schwarzen Gläsern. Dagegen besagte alles der weisslackierte Stock, dessen Krücke übers rechte Handgelenk gehakt war, vor allem die grosse schwarze Deutsch-Schäferhündin in ihrem Blindenführ-Geschirr (ähnlich der Doppeldeichsel eines Einspänner-Fuhrwerks en miniature), dessen Griff seine Rechte locker umfasst hielt samt der dünnen Leine, geknüpft an den Verschluss ihres mit einer Art Rotes-Kreuz-Orden geschmückten ledernen Brustpanzers. Da sass sie brav in der Hocke vor ihrem auf hohem Hocker kauernden Schutzbefohlenen. Grosse schwarze Schäferhündin (Deutsche), zum Schutz befohlen eines blinden Ex-Mordskerls.

Harry entsann sich in dem Moment unvermittelter Erinnerungssuche, ja entsann sich der Freiburger Kriegsblinden seiner Kindheit und der Führhunde, die sie „betreuten" (infolge der Politik und Strategie Des Führers, oh Götter, sich dies vorzustellen!). Das seien fast immer Weibchen, hatte Die Winterlinde ihn belehrt. Warum? Nun, das Weibchen sei grade bei solcherart Dressur geeigneter, zuverlässiger als der Rüde, weniger leicht abzulenken. Was ist ein Rüde? hatte er die Mutter gefragt. Na, ein Männchen; wie du. – An welchen Hollywoodstar ihn der blinde Recke im schwärzlich schillernden Lüstersakko mit der Braven im Führgeschirr, die etwas an sich hatte von der

Kapitolinischen Wölfin, Romulus-&-Remus-Nährmutter, fiel ihm im Nu ein. John Wayne. Wildwest-Obermime und US-Rechts-Ultra, den ich verabscheue, zumal seit ich mir seinen neuen Streifen *The Green Berets* angesehn habe, in dem die von der CIA ausgebildete Vietnamkriegs-Einsatzgruppe verherrlicht wird. Was ist eigentlich weiter hinten an der Theke los, kann man sich fragen, denn den von einer ca. 3 Meter hohen, mit etwas wie Pauspapier tapezierten Rabitzwand abgeteilten Nebenraum kann man vom Harry-Sitz aus nicht überschauen – und es gilt, in dem erst jüngst gefundenen Flucht-Asyl nicht den Neugierigen zu markieren –, was tut sich hinterm Rücken des Blinden John Wayne am Schankbord?

Man liess sich ablenken (also typisch Männchen) von einem spitzen Gähnjapser. Mädäms grosser blonder Airedale-Terrier erhob sich aus seiner Bäuchlings-Ruhelage; streckte, reckte sich zu noch beachtlicherer Grösse, begab sich an Harry, ohne dem geringste Beachtung zu schenken, begab sich – das Verb drängte sich dem Beobachter auf – an ihm vorbei in einer Manier absichtsvoll retardierten Schlenderns zur Kapitolinischen Wölfin. Nicht dass er der den Hof machte. Er liess ein flüchtiges Bisschen seinen kleingelockten Schwanzstummel wippen und leckte, küsste verstohlen deren linkes Ohr – wie das einer alten Bekannten, die man offiziell nicht grüssen darf. Zum Behagen der Deutschen Schäferin, die zögerte, sich zu revanchieren, weil sie im Dienst war. Angeschirrt und ledergepanzert im Dienst.

3

Da begann draussen auf der Achten das grosse Tamtam der Rodeo-Auftakts- und Einzugsparade. Harry stieg von seinem Hocker, schritt am grossen Airedale, der sich wieder unter den Silberstiefeln seiner Mädäm ausgestreckt hatte, vorbei zum Portierenspalt, der das Barfenster freiliess. Da begann's mit Pauken und Trompeten, Gitarren und Klarinetten. Das, was er aus Wochenschauen und vom Fernsehn her gekannt hatte, blickte-hörte er zum ersten Mal in natura; live in live, ohne Filmleinwand und Kastenscheibe. Als Vorhut eine Kompanie von Majorettes. Pralinésoldatinnen in Talmi-Rokoko-Uniformen. Die Tambourmajorin in hoher Glanzpapierkappe, den mächtigen stars-and-stripes-gemusterten Stab im Marschrhythmus schwingend; hinterdrein in Viererreihen das das Militär parodierende Jungmädchenballett, Kriegstrommlerinnen, Schlachttrompeterinnen, Paukenschlägerinnen, Infanteristinnen, die kurzberockten, meist schöngebauten Beine werfend, so als wären's Fridericus Rexens Lange Kerls. Drauf die Rodeo-Aktiven. Arizona- und Texas-Cowboys auf wunderschönen Pferden, nein Rössern, nein Rossen. Die teils keineswegs mehr so jungen „Kuhjungen" mit ihren weltbekannten Filzhüten, deren Krempen Regenschirm-Format aufwiesen. Hierauf eine Hillbillies-Kapelle, Bardance-, Scheunentanz-Musikanten, Tambourin-Schwinger, Gitarristen, Querflöter, Sänger, mehrere mit Megaphonen bewaffnet, deren Chor gemessenen Schritts, wortwörtlich andante vorüberbrauste, all das dem Madison Square Garden zu:

„I wanna go home / Why don't you let me go home / Ich möcht gern nach Hause gehn / Warum lasst ihr mich nicht nach Hause –"

„Warum gehn die denn nicht nach Hause? Sollen sie doch verdammtnocheins nach Haus gehn! ... Weshalb sind die denn in unsre gottverdammte – wunderbare – schlimme Stadt New York gekommen, wenn sie so verdammt gern nach Hause möchten? ... Warum sagt ihnen denn keine Menschenseele, dass es gottverdammt fein wär, wenn sie in ihr verdammtes Arizona und Texas zurücktraben würden, zu ihren Rinderherden? ... Warum sagt ihnen das kein Aas? ... Weshalb mussten sie denn in dieses gottverdammte Korea-Rodeo reiten, wo General Douglas MacArthur sein Kommando abgeben musste – nachdem er festgestellt hatte, dass achthundert Millionen chinesische Kommunisten die Nordkoreaner stützten?

Sagt mal! ... Und nachdem Doug MacArthur, gotthabihnselig, auf seinem Sterbe-, Sterbebett verkündigte Nur - keinen - keinen - Landkrieg - in - Asien - mehr - meine - lieben - Amerikaner – weswegen müssen, müssen sie denn e-i-n g-a-n-z a-n-d-r-e-s R-o-d-e-o veranstalten als hier ... in das sie sich verfrachten lassen? Ins gottverdammte Vietnam-Rodeo, could you tell me, why?"

Mädäm, ohne die geringste Miene zu machen, sich dem Defilee auf der Achten zuzuwenden – vermutlich hatte sie, in der Nachbarschaft wohnend, dies Spektakel allzu oft mitangesehn – sprach's mit sonderbar klingelnder, nein hell klirrender Stimme, eine Art Singsang, in der Resignation und Empörung kontrastierten. Harry, vom Klimbim der Hinterwäldler- und Scheunentanzkapelle abgelenkt, wandte sich halb, und sein Seitenblick nahm das Profil der Lady, die sich so ganz unladylike ausgedrückt hatte, auf und wusste mit eins, wusste, an wen sie ihn erinnerte. Ex-Hollywoodfee Grace Kelly, derzeit Fürstin von Monaco. In derselben Sekunde geschah es. Dass sie ohne hinzusehn (so als sei ihr jedes in Richtung Rodeoeinzug-Blicken fatal) sein linkes Handgelenk umfasst in so einem kleinen

Rückwärtstasten ihrer eignen linken, bei aller Indianersommerschwüle sich sehr kühl anfühlenden Hand:

„Sie zittern ja ... Wovor fürchten Sie sich?"

„Wie kommen Sie drauf, Ma'am? Wie kommen Sie drauf, dass ich zittere?"

„Sie tun's", kam's zurück, wiederum ohne dass „Die Fürstin von Monaco" sich die Mühe gemacht haben würde, Harry anzublicken. „Und das kommt höchstwahrscheinlich nicht von Ihrer Begeisterung für diesen Rodeo-Klamauk ... Sie haben Angst."

„Wovor sollt ich Angst haben, Ma'am?"

„Da bin ich überfragt."

Ihre Linke liess sein Handgelenk fahren. Ihre Rechte führte das Longdrink-Glas zum Mund. Sie genehmigte sich einen weitern kleinen Schluck Tom Collins. Dann kam sie, diesmal die mit einem Diamantring geschmückte Rechte auf sein Gesicht zu. Ja, ganz langsam zu wie der Kopf einer zahmen Schlange auf das Gesicht des ihr vertrauten Schlangenbändigers.

Nie war Harry solches passiert:

„Okay, Earl", sagt sie noch zum Airedale, der die Bewegung seiner Dame zu mir hin beobachtet haben muss, sich, mich erstmals eines forschenden Aufblicks würdigend, in die Hokke begibt, wobei er einen ihrer Lamettastiefel streift. „Earl, quiet." Zu deutsch „Graf, gib Ruh." Obwohl das dichte Blondgezottel des Unterleibs sein Geschlecht kaschiert, besagt sein Name: ein Rüde, keineswegs eine zum Blindenlenken abgerichtete Hündin, zumal er ja kein Führgeschirr trägt, nicht mal eine Leine, bloss ein nickelbeschlagnes Halsband. Und Mädäm, auf deren knappen Zuspruch er sich sogleich wieder hinlegt, hat keinen Stock bei sich, nicht mal einen Sonnenschirm. Wie lässt sich ihr Verhalten (bin zwar kein Verhaltensforscher, oder doch? doch ja, natürlich bin ich einer) mir gegenüber erklären? So als sei's unter ihrer Würde, jemanden, der der draussen sich abziehenden Big Show Beachtung schenkt, auch nur mit einem einzigen direkten Blick zu beehren durch ihre *Polaroid*-Glasur, tastet, streichelt sie mir mit kühler Hand über mein Haar; das linke meiner Ohren; meinen Wangenansatz, Nasenflügel, Lippenwinkel; mein leicht rasierbares, wenig kratzborstiges Kinn. Zeremoniell von gut einer Minute, abschliessend mit einem leichten hastlosen, dennoch flüchtigsten Getast über Schulter und Bizeps links. Ja, so eine Art Gegenzeremoniell gegenüber der Riesenzeremonie des Rodeo-Einzugs.

Drauf sagt Die Fürstin, so hab ich sie provisorisch getauft, sich wieder ihrem Tom Collins zuwendend: „Sind eigentlich ein ganz hübscher Junge. Kein Schwachmatikus; wovor haben Sie Angst. Say. Heutzutage lohnt sich's doch gar nicht mehr, vor irgendwas Angst zu haben. Denn sonst können Sie ja vor Angst kaum mehr laufen."

4

Etwas bäumte sich auf in Harry Neuwinter. Dass sie ihn, den leicht Handscheuen (aber das konnt sie nicht wissen), einfach in die Visage fasste wie eine Handleserin, die sich verlegte auf okkulte Gesichtsbetasterei. Wünschte sie, höchstens zehn Jahre älter als ich, mich zu bemuttern? Spürte, spürte und überschätzte sie meine Angst vor der Schweigenden Mehrheit? Dabei fürcht ich mich doch gar nicht mehr besonders hier und jetzt, da im Rodeo-Riesenrummel die Anti-Vietnamkriegs-Rallye untergegangen zu sein scheint. Für diesmal wenigstens.

Harry kam drüber nicht hinweg: Was heisst eigentlich Verachtung. Gibt's das nicht, eine wunderbare, ja positive VERachtung? Man ACHTET jemands Bedrängnis, und gleichzeitig tut so eine stellvertretende „Fürstin von Monaco" so – mit ihrem *Polaroid-Mass.*-Blick betont nebenhin, dazu mit ihrer Handlungsweise (Handlungsweise im Wortsinn) –, als ob sie das BEachten überspielen wolle durch VERachten. Vielleicht ein spielerischer Trick, dachte Harry, doch welcher Trick beruht nicht auf Spiel?

Das Spiel jedenfalls, das in der nächsten Viertelstunde abrollte im Halbdämmer von *Old Child's,* verschlug ihm den Atem.

Fight

1

Der Mann – Gentleman eine heutzutage kühn altmodische Bezeichnung, indes traf sie nach Harrys Empfinden auf den die Dämmerkneipe Betretenden, besser: den sich Hereinführen-Lassenden, zu. Auch er hielt etwas umfasst wie das Schiebgestänge eines Kinderwagens. Statt der Räder eine bildhübsche Labrador-Blindenführhündin, fast so gross wie ein Neufundländer, doch nicht pelzig wie solche, sondern von ganz kurzhaarigem glattem, licht-sandfarbnem Fell, mit zierlichen Hängeohren. So ähnlich mochte die von Weltumsegler Marco Polo entdeckte Tibetdogge ausgesehn haben, stell ich mir vor. Versammeln sich hier die Lebenden Abziehbilder eines teils verschollenen Hollywood? Der Mann, Gentleman, trägt einen schicken Tropical-Leinenanzug, dessen Farbe von einem pietätvollen Herrenschneider genau abgestimmt worden zu sein scheint auf die seiner Labradorhündin; die Krücke seines weisslackierten Blindenstocks lässig gehängt zwischen die Revers des Sakkos, und er selbst gleicht fast aufs Haar dem vor zehn Jahren verstorbenen „Hollywood-König" Clark Gable, der in einem seiner letzten Filme eine ganz ähnliche schmale Sonnenbrille ...

Diesmal kam Earl im Nu auf die Beine, gab's kein retardierendes Schlendern. Unter kurzem Freudengewinsel, anzuhören wie kleine Jauchzer, leistete er sich zwei Sprünge, ging auf die Hinterbeine, um die Labradorhündin in unverstohlner Herzlichkeit zu umarmen wie eine liebe offizielle Bekannte, die man begrüssen *darf.* Als Erwiderung erhielt er einen Stupfer von deren schwarz-feuchter Stubsnase, was etwa besagte: Grüss dich, aber pass auf, ich hab meinen Schutzbefohlenen noch nicht plaziert. Airedale-Terrier Earl zog daraus hurtigst die Konsequenz, gab den Weg frei für die Einkehr des „Gespanns".

Die Rechte des Eleganten liess das Führgerät los und sich nach etwas wie flüchtigem Taktieren auf die Schulter Der Fürstin senken, so als sei ihm bekannt, dass zunächst dem Eingang ihr Stammsitz rage. Schon schlüpfte seine Hand unter ihre umgehängte Jacke, streichelte den nackten Oberarm hinab bis zum Ellbogen, hielt den locker umfasst. Und sie liess es zu, ohne Mann und Hund im geringsten zu mustern. Drauf sagte sie: „Hello, Rigoletta." (So also hiess die Labradorin.) Und: „Hello, Clark."

Bin ich von meinem zweiten Tom Collins angebläut? fragte Harry sich; erst denk ich mir,

Grace Kelly, des längern der Tonflimmer-Leinwand-die-die-Welt-bedeutet entsagt habend und drüben auf einem Monaco-Thrönchen sitzend, hat sich plötzlich wieder hüben auf einem billigen Drehthron in OLD CHILD'S etabliert, und jetzt kommt auch noch Clark Gable rein, geblendet wie nicht Hollywoods sondern Thebens König Ödipus? Was ist das eigentlich für eine Szene? für eine Szenerie? nein Szene? Clark? Der kann doch nicht wirklich so heissen, vielleicht nennt sie ihn so, weil er jenem, jenem Gable so vertrackt ähnelt. Was ist das für ein Theater-Stück? Da kommt ihr Stichwort, ein Satz, den sie vor sich hinsagt in einem halblauten, hell klirrenden, ja, ja, entfremdet-besorgten Kaumbeiseitesprechen, entfremdet-zärtlichen Vorwurf:

„Clark, Lieber, hab ich dich nicht gebeten – es zu unterlassen – mit Rigoletta in diesen Laden einzukehren?"

„Wo soll ich denn hin?" die Gegenfrage des toten, als blinder König wiedererstandenen Gable – und das mit einer Stimme, die Harry deutlich, mehr, überdeutlich erinnerte. (Da hat man's wieder mit der Erinnerung: Tonfilm, nie den Mann, gentleman U.S.-made in natura erblickt, auch Zeitalter der ERINNERUNGSKONSER-

VE ...) Urban kraftvolle Männerstimme jenes niemals chargierenden Akteurs. „Sag mal, wohin denn? Soll ich mir die Rodeo-Parade a-n-s-e-h-n? Verlangst du das von mir, -- ly?"

Der Paukenschlag einer weiteren nahrükkenden Band, weniger andante als allegro crescendo, verwischt mir den Namen, den ich, wenn auch nur Spitzname, ganz gern *er*wischt hätte: bestimmt nicht Grace Kelly, kürzer.

„Good afternoon, Mister Clark", sagte der Einäugige (vielleicht heisst der neue Gast wirklich Clark: sein Familienname), sagte es mit etwas wie höflich unterdrückter Irritation in der Stimme, so als komme auch ihm dieser Besuch nicht sehr gelegen. „Was wünschen Sie sich zu genehmigen?"

Clark-Ödipus liess sich von Rigoletta zum Harry zweitnächsten Barhocker lenken, erstieg den geübt wie ein Kutscher, der sich auf sein Zugpferd völlig verlässt, es locker am langen Zügel hält, bevor er sich auf den Bock schwingt:

„'n Tag, Nino. Einen Cuba Libre bitte."

„Okä." Während Nino sich abwandte, um eine Flasche westindischen Rum aus dem Regal zu greifen, eine Doppelliter-Keule Coca-Cola aus dem Kühlschrank der Innentheke, eine

Zitronenscheibe zurechtzuschneiden, grollte durch die Paukenschläge „John Waynes" Bass betont hämisch:

„Klaaar. Klar, dass Mister Clark sich einen Cuba, C-u-b-a – L-i-b-r-e zu genehmigen wünscht – zu Ehren des grossen kubanischen – Befreiungshelden Fidel the Castro –"

Clark reagierte kaum darauf, was Harry seltsamlich imponierte, denn *Unheil / Du bist am Zuge,* von welchem deutschen Klassiker stammt das? Goethe oder –? (eigentlich kleine Schande, dass ich es im Moment nicht memoriere) lag in der plötzlich dick gewordenen Luft von Old Child's. Clark verharrte, nachdem er seinen Krückstock ans Thekengeländer gehängt hatte, da, im Halbprofil; allein seine Bakkenknochen begannen unmerklich zu mahlen. So wartete er auf seinen Drink.

Übrigens, schon fällt mir ein, von wem das ist, *Unheil, du bist am Zuge / Nimm, welchen Lauf du willst!* Von keinem deutschen Klassiker, zwar übersetzt vom Romantik-Gespann Schlegel-Tieck: Shakespeare, *Julius Cäsar,* 3. Akt, weshalb hätt man sonst so gründlich wie säumig Germanistik wie Anglistik studiert? In dem Augenblick ... eigentlich kann man sich aus tiefster Seele dazu beglückwünschen, in

„diesem Laden" über Augen-Blicke zu verfügen ... wurde draussen im neusten grossen Tamtam zwischen den halb zugezogenen Portieren des Barfensters das schöne Haupt eines rotbraunen, eines „Fuchses" mit grosser schneeweisser Stirnblesse sichtbar, im Allegro-Tempo nickend, in der Sekunde drauf der Reiter, angetan mit einem überdimensionalen, von Glöckchen en miniature behängten Texashut, das goldbraun getönte Lederwams geziert mit den berühmten Ärmelfransen der Indianer. Er bediente eine Doppelpauke, die beidseitig an dem von (echten?) Edelsteinen geschmückten Sattel befestigt war. Anscheinend in einem der Vorreiter, Dirigent und Paukist einer ihm hinterdrein marschierenden, gleich bewamsten Band von Trompetern, Posaunen- und Tuba-Bläsern, schliesslich Chorsängern, alles Männern, nein Mannen:

„Happy days are here again,
bumm, bummbumm bumm, bummbumm
bumm.
So let us sing a song of cheers again,
bumm, bummbumm bumm, bummbumm
bumm."

Da sang es mit, das auf den beiden breiten Bürgersteigen der Achten Avenue versammelte, dutzendfach gedrängte Spalier der Zuschauer, lauthals, dabei rhythmisch in die Hände klatschend. Womöglich am lautesten die Schweigende Mehrheit, die mich meinen Göttern sei Dank aus den Augen verloren zu haben scheint; aber wie würd ich das übersetzen? Meine Sorgen möcht ich haben, dachte Harry.

Lass uns singen, singen wir:
Frohe Tage wieder hier.

2

„Hey, Nino, bitte noch einen Cuba Libre für mich."

„Hey, Nino, bitte noch einen Cuba Libre für mich!" Das hämische Echo des „Blinden John Wayne" aus dem Hintergrund, so eine Art Hintergrund-Vorsteher, wie es den Asylfinder durchfuhr.

„S-t-o-p i-t n-o-w!!!" Die Frauenstimme hier drinnen übertönte das Tamtam draussen wie eine Alarmsirene.

Ja, wie die Alarmsirene eines New York City-Police-Streifenwagens, die plötzlich verstummt, weil's im grossen Tumult mit dem Weiterkommen ohnehin Essig wäre. Ja und ja, ganz Ähnliches hatte Harry beim Auslaufen der Vierten Anti-Vietnamkriegs-Rallye am Columbus Circle erlebt, eine Stunde her oder so. Die Spannung, besser Hochspannung, jene geladene Atmosphäre ... ob Cristofero Colombo, der Arme, jedenfalls in bitterer Armut verstorbene Entdecker der Neuen Welt, voraus wusste, was 1970 auf dem ihm zu Ehren genannten Platz sich ereignen würde, nachdem er in sein Logbuch notiert hatte „Die ganze Nacht hörten wir Vögel vorüberziehn" ... was einem heut nachmittag alles so durch den Kopf ...

Zeitgefühl scheint's leicht zerschwommen bei mir, immerhin. Immerhin liegt's im Wesen der Polizei (wer soll ihr das an sich verargen?), nicht zu resignieren. Per Sprechfunk zu Hilfe gerufen wegen Kinderarzt Doc Benjamin Spocks Rallye, sausen mehrere Polizei-Busse mit Freiluftbänken, auf denen eine halbe Kompanie plaziert ist, als Verstärkung zum Platz Des (Armen) Kolumbus zum Central Park. Mannschaft springt ab und geht gegen Demonstranten vor.

Die Frau.

Die Frau auf dem Bar-Fenster-nächsten Sitz verfügt über keine solche Verstärkung. Und weil sie das weiss, verhält sie sich dementsprechend: Wie eine Alarmsirene, die plötzlich resigniert, weil sie in dem bevorstehenden Krawall ... wie sie aus Erfahrung weiss ... nichts auszurichten vermag.

Genauso, ja, hörten sich für Harry der -ly Warnrufe an, die Endsilbe hatte er Clark nach dessen Einzug mit Rigoletta abgelauscht. Höchstwahrscheinlich würde sich's dabei um keine traute Verballhornung von Grace Kel*ly* handeln, endete doch die Koseform der meisten angelsächsischen *Vor*namen (nicht nur der weiblichen) mit -y oder ie; so nannte er sie fortan in Gedanken schlicht Ly. Bevor er sich rasch vom Fenster zurückwandte, das für ihn in abgewandeltem Sinn ein Schaufenster gewesen war, eins von drinnen nach draussen, rückte Ly, ruck, auf ihrem Drehsessel herum, Earl, der sich – ebenso ruckhaft – aufgerichtet hatte, am Halsband packend. So kehrte sie nunmehr dem Barschlauch offenbar demonstrativ den Rücken, nicht weniger offenbar uninteressiert bis apathisch hinausblickend auf den Nachzüglertross des berittenen Doppelpaukisten.

Szene.

Gespenstisch?

Schattenboxen?

Nein, vielmehr ein Boxkampf im SCHATTENREICH?

Der Stipendiat der Columbia-Universität war ganz gut bewandert in griechischer Mythologie. Bin ich Orpheus' ganz kleiner und sehr später Bruder, dem gestattet wurde, in den Hades hinabzusteigen, um Zeuge zu werden von DIESEM?

„Kann so viele Cuba Libres bestellen, wie ich lustig bin", Clarks schneidender Tenor. „Wenn du mich noch ein einziges Mal mit deinem Scheiss-Echo beehrst, wirst du was von mir erleben!"

Das scheusslich outrierte Basslachen des Ed alias Wayne: „Hö-hö-hö, wer kann denn schon was von d-i-r erleben, wo du –"

Der einäugige Barhalter Nino, plötzlich sehr nervös, sein linksäugiger Blick im Widerschein der diffusen Flaschenregal-Illuminierung wie eine hinundherrollende schwach glänzende kleine Murmel:

„Gentlemen, p-l-e-a-s-e."

Eds unschöner Bass: „Gentlemen hin, Gentlemen her. Ich bin ein In Ehren dienstentlassener Korea-Kriegsveteran und lass mir von diesem Hurensohn Clark nicht gefallen –"

„Werd dir Hurensohn zeigen, du abgesackter Fettwanst!"

„Woher weiss der denn, dass ich letzter Zeit bisschen Bäuchlein angesetzt hab? g-e-s-e-h-n kann er's nicht haben. Höchstens von seinem letzten Tiefschlag her kann er's wissen, wegen dem er von jedem Ringrichter sofort disqualifiziert worden wär. Aber die Laus sieht ja nichts, noch weniger als ich, höhöhö!"

„Ich werd dir Laus geben!" Clarks nun fast singender Tenor: „Wenn du zwanzig pounds überflüssigen Speck loswerden willst, nimm ein Buschmesser und säbel dir damit nicht den Wanst ab, sondern den Kopf!"

Im diffusen Licht entdeckte Harry noch die Lederarmbänder, die beide ums rechte Handgelenk trugen und an denen die Leinen befestigt waren, locker herabhängend zwischen dem Gestänge der Führgeschirre. Im gleichen flüchtig-behenden Taster hakten die Widersacher sie ab. Ed alias John Wayne, sein plötzlich von Wutschweiss schillerndes Gesicht wie aufgedunsen vor konzentriertem Hass, sein Bass nun fast rasselnd:

„Duuu, rrhhh, brauchst dir deinen Kopf nicht abzuschneiden! Wenn einer sich im Mekong-Delta per Napalm-Bombe ent-lau-ben lässt, rrhh, nicht von den gottverdammten Vietkongs, sondern in der Provinz Binh Dinh, wo's keinen einzigen fucking Vietkong gab, rrhh, nicht vom Feind, sondern von un-se-ren eig-nen in Guam stationierten Skyraider-Jungs! – den muss ja der Teufel persönlich auf der Latte gehabt –"

Clark, drauf Ed alias Wayne waren, ja, fast im gleichen Atemzug abgesprungen von ihren Drehsesseln, die nachrotierten, beide die – von den Leinen gelösten – Führgeschirrstangen von der Rechten in die Linke hinüberruckend. Plong! Glas zerklirrte. Ob der eine oder der andre seins von der Theke gewischt hatte, konnte Harry nicht ausmachen. Jedenfalls der Gongschlag, mit dem der „Match" begann.

Das Schauerliche an dieser 1. Runde (der eine 2. kaum folgen würde) nicht der Anblick der zwei blinden Faustkämpen, sondern das Verhalten der in diesen Fight buchstäblich verwikkelten Blindenführhündinnen. Ein wahrhaft schauerlich-rührendes. Wie da Eds schwarzhaarige Kapitolinische Wölfin, soviel zu sehn war, das Fell unvermittelt leicht gesträubt, und Clarks Labradorin, an deren Fell es nichts zu sträuben gab, bemüht waren, ihre „Herrchen" aus der „Gefahrenzone" zu zerren, und dies zweifellos nicht zum ersten Mal. Beide mussten wohl in dieser vertrackten OLD CHILD'S-Bar-Situation bereits ihre argen Erfahrungen gesammelt haben. Kein Bellen, das sie hören liessen, kein Kläffen, nicht mal ein Knurren. Kein aggressiver Laut von Hund zu Hund. Zunächst nur ihr stummes Bemühn, mit vereinten Kräften – und das war *mehr* als das Resultat von Blindenhundedressur, das war grossartig vernünftiger Hundeweibchen-Instinkt – den ihnen schutzbefohlenen Menschen-Männchen aus dem Schlamassel derer Aggressionen zu helfen.

„Probier bloss wieder mal hier, den zu den

Moslems übergetretenen Nigger Cassius Clay zu markieren – schon kriegst du einen Uppercut von einem weissen Christenmenschen verpasst! Kinnhaken!"

Indes traf Ed-Waynes Rechte mit ihrem Aufwärtsschwinger nicht Clarks Kinn, lediglich dessen Aussenschulter. Immerhin taumelte der also Getroffene leicht hintüber. Mit einem halben Sprung, so einer Art Seitensprung (dachte Harry), riss die Labradorin ihn wieder zurück in Aufrechtstellung.

„Der Kinnhaken scheint nicht an den Mann gekommen zu sein, well", so Clark. „Na polter noch bisschen weiter, du abgewrackter Poltergeist, I-n Eh-ren Dienst-Ent-lassen aus Ko-rea! Kneif nicht!"

„Wer kneift schon vor einem in Vietnam per Napalm von unsren eigenen Fliegerjungs versehntlich Entlaubten? So'n Künstlerpech!"

Jetzt schickten die Kämpfer zweifäustig ihre Puncher ins Leere. Und wieder musste Harry das Verhalten der in den Fight verwickelten Hündinnen als überaus rührend empfinden, wiewohl sie nicht mehr stumm blieben. Nun die Führgeschirre nicht mehr von den zu deren Schutz dressierten wildgewordenen „Herrchen" gehalten wurden, am Boden schleiften, mühten sich Clarks Labradorin und Eds Kapitolinische Wölfin, sie auseinanderzudrängen unter Unisono-Gewinsel, das crescendo zu atonalen Jauljapsern geriet. Da landete Clark einen Volltreffer auf „Waynes" Brustbein, der den hintüber geworfen haben würde, hätt ihn dessen Drehschemel nicht abgestützt.

Damit war die erste (und letzte) Runde entschieden.

Und die Kapitolinische, Donnerschock, vollbrachte ein wahres Zirkustier-Kunststück. Indem sie, sich auf die Vorderpfoten stemmend, mit den Hinterbeinen weit ausschlagend das Führgeschirr gegen das Knie des Verlierers emporflitzen liess, so dass der's zu fassen kriegte, sich keuchend wie in schwerem Asthma-Anfall auf seinen Sitz zurückraffte. Clark dagegen bückte sich ohne Siegerpose, ertastete seine Rigoletta, tätschelte ihr kurz den Hals, den Rücken: „Take ist easy, darling Rigo", ertastete *sein* Führgeschirr zunächst mit der Linken; schwang sich, so, als wär kaum was vorgefallen, auf den Barhocker zurück, leicht unterstützt von dem – seinerseits aufatmenden – Nino. Auch liess er sich offenbar nicht beeindrucken von dem schwer keuchenden Gebelfer des andren – wie ein erloschener Vulkan, in dem's wieder plötzlich zum Lava-Gebrodel kommt, dachte Harry nochnochundnoch, doch damit tät man Vulkanen unrecht –:

„Warum, hhh, haben unsre, hhh, unsre Skyraider-Boys in ihren Bs Zweiundfünfzig über Le Duc, bei, hhh, Qui Nohn, nur dein Licht, hhh, mit Napalm gelöscht, hhh? Statt dich für einen, hhh, Vietkong-Bastard zu halten und dir mit einer gezielten Bord-hhh-maschinen-hhh-gewehrsalve den Rest ––"

Ly, nach wie vor der ganzen Szene den Rükken zukehrend, ihren Airedale Earl so fest am Halsband haltend, dass er der, DER SZENE, nicht einmal sein Haupt hatte zuwenden können: „Now come on and stop it, really Ed, hör nun mal w-i-r-k-l-i-c-h auf! Du bist ka ooo, das hört hier drin jedes 'Alte Kind'!"

Der scheinbar erloschene Vulkan Ed, noch immer weiter brodelnd: „That's not your business, MY FAIR LADY, geh lieber deinen eignen Geschäften nach –"

„ – die wieder d-i-c-h n-i-c-h-t-s angehn! Wo ist eigentlich der ganz hübsche Junge, bei dem's bestimmt nicht pfeift? So sorry, Clark, entschuldige, ich weiss gut genug, dass es bei dir auch nicht pfeift, aber –– immer noch besser, draussen beim Rodeo-Klamauk etwas spazieren zu gehn, als in dieser Höhle boxender Schatten nur noch eine Minute hocken zu bleiben! Ganz hübscher Junge, begleitest du mich ein bisschen?"

Harry liess sich's nicht zweimal sagen.

Verführung

1

Sich's nicht zweimal sagen lassen, ein Mal getan. So taucht denn ein ganz kleiner Abklatsch, Orpheus en miniature, dessen wenig gelehriger Schüler, mit 4000 Jahren Verspätung aus einem Schattenreich, eine Eurydike am Arm, die er im Gegensatz zur Sage ... und Sage ist wohl immer was teils Wunderbares teils Grässliches, weiterge*sagt* von teils absolut verlogenen, teils relativ ehrlichen Berichterstattern ... bislang überhaupt nicht gekannt hat. Kein Totenfluss Acheron zieht hier vorbei, nur Manhattans Achte Avenue, auf der irgendeine Rodeo-Parade zum Madison Square Garden hinabzieht. Kein Zerberus steht einem im Weg. Alles andre als der Sagen-Wachthund zur Hades-Unterwelt ... muss ja ein kolossales Tier gewesen sein in Anbetracht dessen, wieviele Tote da täglich eingeliefert wurden, ob er eigentlich eine Hundehütte hatte und wenn, eine Sekunde Zeit, um sich in ihr schlafen zu legen bei solchem nicht endenden Tag- und Nacht-Betrieb der dort Eingelieferten? sag mir das doch mal, du steinalte Sage, ach frag lieber nicht, meine Sorgen möcht ich haben ... hält Earl, der grosse teebraunblonde Airedale-Rüde sich dicht am rechten „Gralsritterstiefel" Lys, wiewohl sie die Leine, an die sie ihn ohne Niederblick nahm, nicht strafft. Ein freiwilliger Bei-Fuss-Geher. In den United States hab ich rasch umgelernt: Hier geht man (Mann) nicht zur Linken der Frau, die man begleitet, sondern bei Fahrstrassen ihr zur Rechten, auf der Seite zum Rinnstein hin, um sie, ja, vor den Fahr-Fährnissen zu schützen (allerdings gibt's hier nichts zu behüten, weil der Fahrdamm der Achten wegen des Rodeo-Durchzugs längs abgesperrt ist). So klemm ich mich eben in dem Gaffergetümmel, das sich langsam lichtet, rechts neben Earl. Gleichviel sie auch hier draussen ihre ganze Umwelt zu snoben scheint – liegt es in ihrer Natur oder ist's Allüre? –, scheint ihr das nicht zu passen, denn sie dirigiert mich auf ihre Linke rüber, indem sie ihre Leine-haltende Rechte unter meine Popobacke schiebt. Auch sowas ist mir noch nie passiert! So, als wär man selber ein guter Hund, an dessen Begleitung sie längst gewöhnt ist. Wortlos. Earl rechts. Du links.

„Wie heissen Sie?" fragt sie mich überaus nebenhin, und ich stell mich vor, „Harry Neuwinter", und sie, ohne mir einen *Polaroid*-Brillenblick zu geben:

„Nenn mich –"

Ausgerechnet in dieser Sekunde ein Rückhall

„Bumm-bumm-bumm" des via Pennsylvania-Bahnhof zum „Garden" fortziehenden berittenen Texas-Paukisten oder dem eines Nachzüglertrosses, eingepaukt auf HAPPY DAYS ARE HERE AGAIN.

„-ly." (Wie verhext, nochmals bleibt meinem Ohr nur Ly übrig.) „Harry, hast einen niedlichen deutschen Akzent. Scheinst mir wirklich ein netter, ein bisschen verschüchterter Junge zu sein. Das solltest du dir abgewöhnen."

„Was, Miss – hm, Ly?"

„Dich so einschüchtern zu lassen. Hab das Gefühl, du bist nicht k.o., sondern okay. Durchaus okay."

Was soll ich drauf sagen, frag ich mich. Sage: „Wie gefällt Ihnen mein rotes Hemd? Finden Sie's auch so, so provokativ wie – wie Spiro Agnews Schweigende – ?"

„Zum Teufel mit Agnew Spirochäte." (Wie diese Ly sich ausdrückt!) „Allerdings musst du dich vor Spirochäten hüten." (Vielleicht eine Dermatologin, deren Sprechstunde wegen des Rodeos ausfiel?) „Aber das weisst du bestimmt genausogut wie ich, Harry." Ohne meinem Hemd einen einzigen Seitenblick zu gewähren: „Dein Hemd, wie würdest du dessen Rot eigentlich einstufen?"

„Zinnober bis Koralle."

„Nicht kardinalsrot?"

„Nein, zinnober." Mein mauer Scherz: „Ich bin kein Kardinal."

Lys ganz kleines sprödes Gekicher. „Das hab ich mir schon gedacht."

„Was?"

„Dass du nicht der Kardinal Spellman bist. Wenn dir's Spass macht, dass ich dein Hemd schön finde, dann find ich's eben schön. Wunderschön. Einfach phantastisch, Harry – wie heisst du weiter? New-win-ter? Bei der Affenschwüle von dem Indianersommer wird man's kaum glauben, aber der neue Winter kommt bald genug, über Nacht ... über Nacht oder Tag, was geht's m-i-c-h an." Damit schiebt sie ihre Linke, teils wie zögernd, teils wie fest entschlossen unter meinen rechten Ellbogenwinkel.

Nun figurieren wir als Pärchen.

2

Kaum hatte Earl bemerkt, dass die Frau ihren neuen Begleiter untergefasst hatte und dem die Jeansjacke zum Tragen übergeben, löste er sich von ihrem Silberstiefel und begann an der ziemlich langen Leine vor den beiden herzutrotten als eine Art Herold. Entweder stellte er sich im gelichteten Rodeo-Gafferspalier flüchtigst quer oder stupfte wie zum Schein versehentlich ein oder das andre Gafferbein. Kleine Fortsetzung des „Hundewunders", das der Columbia-Student jüngst bei Old Child's hatte studieren können. Obzwar keine Blindenführ-Hündin, war dem Airedale-Terrier zweifellos beigebracht worden, bei überfüllten Bürgersteigen der Rush-hour seinem zerstreuten, ja ebendies: oft zerstreuten Frauchen ebenso unauffällig wie effizient Durchlass zu verschaffen.

Ab 50. Strasse begann der „Theaterdistrikt"; New Yorks Stadtpolizisten in ihren dunkelblauen Hemden, Nickelschild über der Brust, fünfeckige Schirmkappe – dies doch etwas überfordernde Zusammenfallen von Anti-Vietnamkriegs-Rallye und Rodeo-Einzug! –, hatten alle flinken Hände zu nutzen, die zugunsten des Festzugs errichteten Gitterbarrieren, Spanischen Reiter der Querstrassen Mittmanhattans abzutragen. Das Publikum begann sich, da HAPPY DAYS ARE HERE AGAIN mit seinem Gesang und Gepauk sich immer weiter stadtab entfernte, zu verlaufen. Was Earl veranlasste, sich wieder dicht rechts neben Lady Ly zu halten.

Die Troika hatte die 46. Strasse erreicht, den (heute geschlossenen) mexikanischen Chili-Saftladen an der Ostecke der Achten Avenue, und Harry befiel ein Gefühl des nun wohl Erlöstseins.

Denn von hier aus, einer West-Ost-Einbahnstrasse, waren's nur wenige hundert Yards zu CAPTN OF COPENICK'S INN, Kellerkneipe nah der Zehnten Ave, bewirtschaftet von seinem vor ca. 60 Lenzen in Preussisch-Berlin geborenen väterlichen Freund Willie, der nicht nur fit war in Judo und Karate, auch unter seiner *Anhaeuser & Bush-Milwaukee*-Biertheke zumindest mehrere Gummiknüppel parat hielt „für alle Fälle". Die bei ihm Untergehakte zu fragen, ob sie Willie kenne, er versagte sich's: Jemand wie Lady Ly wird höchstwahrscheinlich solch einen Bierkeller wie CAPTN OF COPENICK'S nicht beehren. Wieso beehrt sie Old Child's Taverne und dies zweifelsohne als Stammgast, ansonsten sie ihre Tom-Collins-Drinks bezahlt haben würde, statt sie anschreiben zu lassen von Nino dem Einäugigen? GeheimnisGeheimnis.

„Hier in dem Chili-Snack hab ich schon öfters", sagte Harry, um etwas zu sagen, „ein quick dinner zu mir genommen."

„Good for you, hoffentlich hast du dir dabei nicht den Gaumen verbrannt. Kommt, pirschen wir uns auf die andre Seite der Achten rüber."

„Bei Rot?" Womit er die Flucht der Verkehrsampeln meinte, die während des Rodeo-Einzugs alle Querstrassen der Avenue mit Rotlicht abgeschirmt hatten gegen jeglichen West-Ost- und vice-versa-Fahrverkehr.

Ly, ohne der Ampel an der 46. Strasse etwelche Beachtung zu schenken: „Zinnoberkoralle wie dein Hemd?"

Sieh da, nun wirklich sieh da ausgerechnet in *dem* Moment, wenige Minuten, nachdem die Stadtpolizisten die Gitterbarrieren abgetragen hatten, schaltete die Ampelflucht der Achten Ave auf Grünlicht um. Und einmal mehr des blitz-aufmerksamen Airedale-Terriers merkwürdiges Verhalten. So als wisse er genau Bescheid über das Zerstreutsein Frauchens selbst – oder erst recht – beim Überqueren breiten Fahrdamms, schubste er sich noch näher an ihren rechten Silberstiefel.

Ly: „Ich sag's ja. Bei Grün riskieren wir's. Nicht wahr, Earl darling?"

So traversierte die Troika die Achte Ave, bog ein in die 46.

3

Vorbei an St. Luke's lutheranischer Kirche.

Auf einmal zupfte Earl energisch an der Leine, so als wollte er sagen: „Bis hierher und keinen Schritt weiter."

Eins jener dreistöckigen Braunsteinhäuser, die, was den Eindruck ihres Äussern betraf, bessere Zeiten gesehn haben mussten; vielleicht zu jener Zeit erbaut, die man in Deutschland Gründerjahre genannt hatte, indes auch sehr britisch anmutend. Die übliche Freitreppe mit wenigen ausgetretnen, zur Eingangstür im Halbstock emporführenden Stufen. Ly hielt auf der zweiten. Was nun? überlegt sie, ob sie mich mit ins Haus nehmen soll? dachte Harry, während sich ihm ein bisher Latentes (Verdrängtes?) offenbarte; sein jäh entfaltetes Bewusstsein: ich hab mich in die „Fürstin" aus der Hades-Schenke auf Anhieb verguckt. Bin ja mit eins richtig scharf auf sie, wie peinlich. Oder das Gegenteil von peinlich, wie herrlich? Falls sie hier wohnen sollte und mich einfach zu sich raufnähme, wär das nicht zu toll, um wahr zu sein? Oder zögert sie, die Stufen stracks zu ersteigen, weil sie einen Herzfehler hat oder sowas?

ErwartungErwartung.

Nach wie vor als Troika ging's die Stufen der Freitreppe hinan zur mit verschimmelt-grünlich lackiertem Holz ausgelegten Tür. Airedale Earl, der Schweigsame, meldete sich mit einem einzigen vernehmlichen: „Wauo!" Sogleich, im Nu öffnete sich die Tür, hinter der jemand seinerseits in Erwartung verharrt haben musste (gewiss einer andren als Harrys). Ein Butler? So vornehm konnt's doch in diesem verwittert dreinblickenden Braunsteinhaus kaum zugehn.

„Helloooh, Missis – –ly", sagte die Negerdame. Abermals wie verhext, denn in eben der Sekunde braust auf der 46., Einbahnstrasse West-Ost, ein Lieferwagen vorbei; für Harrys Ohr wird ein Mal mehr die erste Silbe des kurzen Namens Der Fürstin wegretouchiert, dasmal nicht durch Rodeo-Gepauk, sondern gewöhnlichen Motorenlärm.

„Hello, Alvarah", sagte die Eintretende zur Negerdame. Ja, eine Dame, recht dunkel colored, so „schwarz" wie zur Zeit von *Onkel Toms Hütte,* mit graumeliertem Haar, in graumelierter Robe, eher anzusehn wie die Direktorin einer Negerschule im Staat des süddemokratischen Scheusals, in dem man die Beibehaltung der „Rassentrennung" forcierte, Gouverneur George Wallace. Die Negerdame, ihrem

Aussehn und Auftreten nach keine einfache Angestellte, sondern zumindest ein weiblicher Superintendent (mit dieser pompösen Berufsbezeichnung sind New Yorks Hauswarte ausgestattet), liess die alte schwere Tür ins Schloss fallen, womit sich die Atmosphäre wortwörtlich mit *einem* Schlag veränderte. Die Helle Manhattanschen Indianersommers, weg war sie.

„Honey, wie hat Earl darling dich hergebracht?" erkundigte sich die Superintendentin, Harrys Anwesenheit ignorierend. Die mit dem Kosewort Honig Bedachte erwiderte:

„Tadellos wie immer, aber ich glaube, Earlie darling hat Durst."

„Hast du Durst, Earlie darling?" fragte die Superintendentin, und das rasche Stummelwedeln des grossen Terriers, und die Negerdame drauf: „Du kriegst gleich dein Wässerchen. Warum hat er denn keins bei OLD CHILD'S gekriegt?" examinierte sie die Frau, die nicht mehr bei Harry untergehakt war. „Wieder der Teufel dort los gewesen?"

„Wieder", sagte Ly.

„Wieder so ein Fight zwischen Ed und Clark? Ausgerechnet heute beim Rodeo-Aufmarsch durch die Achte – konnten sich's da nicht verkneifen?"

„Anscheinend nicht, Alvarah darling. Du weisst ja, was für Gewohnheitstiere die Männer sind."

„Gab's wenigstens endlich einen k.o.?"

Ly: „Weisst ja, nach der ersten Runde zählt Nino die beiden als schüchterner Punktrichter aus, und damit hat sich's gewöhnlich. Heute allerdings ... hat Clark entschieden gewonnen."

„Bravo", die Superintendentin. „Bin immer für Clark gegen Ed."

„Ich auch. Vor allem, weil Ed es nicht lassen kann, Clark gemein zu provozieren. Gib Earl sein Wässerchen."

„Okay, Honey. Sofort."

4

Und neuerdings ein set-up, Raumgefüge, in dessen Ambiente man sich so leicht nicht zurechtfand. Treppenhaus, in das durch schiffslukenartige Rundfenster – zudem trugen die Scheiben ein jugendstilartiges Seerosen-Muster – nicht viel Tageslicht einfiel – hatte was an sich von längst verwitterter Eleganz. Die Holzpaneelierung der Wände, brüchiges Mahagoni, geschmückt mit einer Reihe von Schoner-, Segelkutter- und Raddampfermodellen, Segelchen grau vor Alter. Auch die Stiege, die zum 1. Stock hinaufführte, war in der Art einer Reling gehalten und belegt mit altersgrauem Segeltuch. Statt eines Geländers waren mit ein paar ausgedienten Rettungsringen behängte dicke Hanfseile gespannt, an den Pfosten zu Seemannsknoten gebundene, und Ly zog sich am rechten empor, nunmehr gradezu emsig, dabei fast lautlos übers Segeltuch hinanstökkelnd. Und Harry, von niemandem aufgefordert, folgte ihr wie automatisch, hörte noch von unten Earls „Wässerchen"-Schlecken, dachte noch dies (bevor er sich etwas ganz andres überlegte): Donnerschocknochmal, muss die Person ungeachtet der hohen Silberstiefel und dreingestopfter Jeans schöne lange grade Beine haben.

„Well, come on, Harry. Na, komm schon", sagte die Treppensteigerin, ohne sich im geringsten umzuwenden. Trappte, im 1. Stock angelangt, kaum dass sie das Seil losgelassen hatte, hinwider zögernder – so als überlege auch *sie* sich etwas in derselben Minute – durch eine halb offne Tür, diese gleichfalls ausgelegt mit brüchigem Mahagoni.

„Mach sie hinter dir zu, die Tür", hörte er sie noch sagen, und er gehorchte „automatisch", um sich in einer Art Vorraum zu sehn, wie der sich schmuckloser kaum denken liess. Hier drin kein einziges Segelschiff-Modell mehr an der Wand. Kein einziges Bild. Nur eine anscheinend echte Empire-Frisiertoilette mit erblindetem Spiegel; ein einziges Fenster, halb zugezogne Portiere mit gänzlich vergilbtem Chintz.

Ly war verschwunden.

Verschwunden, nachdem sie eine zweite halb geöffnete Tür durchtappt hatte. Harry Neuwinter spürte seinen eignen Schritt unwillkürlich stocken. Werd ich hier hineingelenkt in eine Dunkelkammer? Der angrenzende Raum scheint mir nicht mal den Schimmer abzukriegen von einem überhellen New Yorker Indianersommertag, der doch schliesslich durch irgendein Fenster hereinstrahlen *müsste*. Und plötzlich, urplötzlich keimte in ihm ein Verdacht auf, der, wenn man's bedachte, gar nicht als Verdacht zu werten war:

Ist Ly etwa eine professional?

Eine Nobelprostituierte?

Harry war, was solch ein etwaiges Abenteuer betraf, und ein kurzer Beischlaf bei, mit einer professionellen Freudendame fällt ja bekanntlich nicht unter die Rubrik Abenteuer, ist vielmehr ein sogleich *in bar* zu tätigendes Geschäft wie jedes andre ... weniger als ein Amateur. In Freiburg im Breisgau, in dessen Strichdamen-Viertel hinterm Bahnhof hatte er sich ebenso umgesehn wie in Londons Soho. Seine Liebesgespielinnen waren dennoch fast immer Kommilitoninnen gewesen, sowohl in Deutschland wie in England wie an der Columbia-University; gelegentlich Verkäuferinnen, mit denen er sich da und dort flüchtig zum Beischlaf verbündet hatte, ohne jemals zu einem festen Verhältnis gefunden zu haben. In solcher Beziehung, nämlich in der, was Prostituierte betraf, völlig unerfahren, war ihm immerhin bekannt, dass der sog. „Dirnenlohn" von den Dienstleistungs-Vertragspartnerinnen, falls sich's nicht um Stammkunden handelte, stets im vorhinein gefordert wurde.

Stattdes vernahm er ihre Stimme:

„Harry, komm, mach die Tür ruhig hinter dir zu. Wirst dich schon an die Spezialbeleuchtung gewöhnen."

Während er gehorchte, dachte er sich noch (noch-und-noch, drauf scheint man heute abonniert zu sein): Gleich werd ich die Tür wieder aufmachen müssen, denn, Dunkel hinher, wird sie jetzt ihr Honorar fordern, sagen wir 70 Dollar Minimum, und ich werd ihr gestehn müssen, dass ich knapp 20 bucks bei mir hab, und die brauch ich als LÖSEGELD, falls sie mich später abends – vorher wird Willie, The Captn of Copenick, mich schon verpflegen, wie immer gratis – auf dem Rückweg zum Studentenheim der Columbia-Uni via Morningside Drive, Amsterdam Ave, Riverside Drive 114. bis 121. Street Uptown West bedrohn. Womit nicht Agnews Schweigende Mehrheit gemeint ist, sondern die zumeist halbwüchsigen Harlemer Negerviertel-Strassenräuber, die einem bei einem stick-up, Überfall, zuzuzischen pflegen: „Raus mit deinem Zaster, sonst hauen wir dich zusammen!" Rückt man mit seinen Moneten raus, auch wenn's nur paar Kröten sind, lassen sie einen laufen. Hat man kein Mindesthonorar bei sich, dann schlagen sie einen zusammen.

Doch die Frauenstimme, Lys betörende, meldete nichts dergleichen an von Vorauszahlung eines Nobelnuttenlohns, und er hörte ihr leises Mezzosopran-Singen aus einem anscheinenden Hohlraum, wohl gekacheltem Badezimmer, weil jetzt auch sachtes stetes Wasserrauschen aufkam:

„Happy days are here again / So let us sing a song of cheers again ..."

Bin ich *wirklich* schon wiederwieder in eine Unterwelt geraten? Unterwelt nicht im Sinn von U.S.-Mafia, sondern nochmals, wie bei den Hadesboxern, in dem antiker Mythologie? Dasmal eine Ein-Zimmer-Unterwelt-mit-Bad? – Keine Rotlichtbeleuchtung, matte, wie in der Dunkelkammer eines Fotografen, sondern in einem Raum, dessen Fenster zugemauert waren. Asymmetrisch verteilte Lichter, nein Flämmchen; keine Kerzen, nein Lämpchen oder zierliche Lampions in der Farbe der Blume Herbstzeitlos. Asphodelos. Hadesblümchen, schon von Vergil beschrieben.

Auch aus dem Bad, schattenhaft so zu einem Viertel geöffnete Tür, schimmerte solch zart malvener Dunst, und das Wasserrauschen hatte aufgehört, und er vernahm das leichte Plätschern der in der Badewanne sich Regenden.

Dann ihre Stimme:

„Harry, take it easy, mach's dir gemütlich, zieh dich aus."

Ach, aber-abermals gehorchte er augenblicklich, wiewohl's hier drinnen kaum was zu erblicken gab. Verflixt, nicht erstmals drängt sich einem die Frage auf: Bin ich eigentlich zu einem Doppelgänger, nein Nachahmer von Earl Frauchen-bei-Fuss geworden, obschon ich Frauchen erst seit – seit etwa anderthalb Stunden kenne? Nicht bloss erotisiert, vielmehr auch wie hypnotisiert von der rätselhaften Aura, in die man sich hat hereinlocken lassen? Wer hat eigentlich wen gelockt? Tja, Liebe auf den Ersten Blick macht *un*erfinderisch!

Nochmals ein Bruchstück ihres schemenhaften Gesangs, so nah und doch so fern wie eine der Sirenen, derentwegen Odysseus sich hatte an den Mastbaum schnallen lassen, doch das hier ist kein Schiff. „Happy days –", alsbald übertönt vom Gurgeln abfliessenden Wannenwassers.

Schemen, ja Schemen eines Schemels, drauf er seinen Anzug deponierte, das Korallenhemd, das kaum einen Abglanz von Röte mehr aufwies, Netzleibchen, Slips. Die Socken stopfte er in die leichten Stiefel mit kurzem Schaft und Gummizug, ebendie sog. Safari-boots. Er hatte gelernt, dass bei Anti-Vietnamkriegs-Demonstrationen solides paramilitärisches Schuhwerk aus verschiedenen Gründen nützlich war, sowohl bei demonstrativem Bürgerrechtler-Vormarsch, von Kinderarzt Dr. Benjamin Spock kommandiertem, als auch bei nichts weniger denn demonstrativem Abhauen (wie gehabt). Er stopfte der Socken je eine in eine Stiefelette hinein in der intuitiven Überlegung: Wo find ich sie sonst *hernach* in der fast Babylonischen Verdunklung (die Hitlerkriegsverdunklung hatte er, sechs Wochen vorm Ende des Tausendjährigen Reichs geboren, nicht mehr mitgekriegt, wie man auf neudeutsch so sagt). Er stellte das Stiefelpaar am Schemelfuss ab. Da stand er nackt auf einem Spannteppich, dessen Farbe nicht auszumachen war, und harrte der Dinge, die da kommen sollten. Ja, Harry harrte.

Und dann trat Ly auf. Ihr Eintreten aus dem bath-room eher ein Auftritt.

Auch sie ganz nackt, kein Badetuch, keine Pantoffeln. Rein alles, was sie so todschick gekleidet und geschmückt hatte, musste irgendwo diskret von ihr versorgt worden sein, selbst die Polaroid-Cambridge-Brille, an deren

Bügeln befestigt das Platin-Ohrgehänge, dessen Echtheit Harry bezweifelt hatte. (Wahrscheinlich also kein „Modeschmuck", was geht's mich an, bin kein Platindieb, das wird sie wissen.) Allein eine Badekappe unbestimmter Farbe so weit nach vorn gezogen, dass sie ihre Augen beinah verdeckte, bisschen wie bei einem Jockey im Regenwetter-Derby.

„Jetzt kannst d-u ins Bad, Newwinter-Harry." Damit beugte sie sich linkerhand der Badezimmertür zu einem mattglänzenden Schrein. Ein Plattenspieler mit Stereo-Anlage. Denn „von überall her" im verdunkelten Frauenzimmer-Gemach kam, wenngleich sehr gedämpft, Jazz-Musik auf: Langspiel-Platte.

Louis-Armstrong-Trompete unverkennbar. *Saint-Louis-Blues.*

5

ManipulationManipulation. Für Harry ein neues Kapitel, wie er's ähnlich nie erlebt hatte.

Beide splitterfaser- (wie man auf barockdeutsch noch immer so sagt, doch wo ist Deutschland geblieben?) -nackt auf dem breiten plumeaulosen Bett, einer zweisamen *Wahl*statt im Wortsinn, eingesponnen in asphodelos-malvenen Schein, herbstzeitlosen. Aus dem Stereo jetzt Armstrongs weltberühmt heisere Negerstimme, *Macky Messer* singend aus Brecht-Weills *Dreigroschenoper*, also ist Deutsches doch dabei, hierauf symphonisch verwandelter Refrain, Armstrongs gleich berühmtes Trompeten-Solo, ja Solo, das die Begleitung von seiten seiner Jazzband in eine Art Hörschatten bannt. Dazwischen Lys Stimme, so zwei Zentimeter nah Harrys Ohr:

„Die Antibaby-Pille, that's not so good. Da glauben die Jungen, boys and girls, dass sie dadurch behütet wären vorm Kinderkriegen, und lachen sich eine venerische Krankheit an. Darum gestatte, dass ich dir — —"

Ohne hinzusehn, Augenlider geschlossen, stülpt sie ihm ein plötzlich parates Präservativ übern Phallus. Harry dagegen blickt, blickt überwältigt von, ja: Liebesneugier. Nie hat er eine so Schöne umarmt und befühlt.

„Und jetzt komm, come on, come on, Newwinter-Harry, let's fuck. F-u-c-k-i-n-g, that's a good thing, if the two really like each other."

Zum ixten Mal heute vermeint er, seinen Ohren nicht zu trauen. Seinen Augen schon, indes nicht seinen Ohren. Fucking, im volkstümlichen Yankee-Slang abgewertet zu einem bei jeder Gelegenheit von Krethi und Plethi (aber vielleicht seltener von „Fürstinnen") gebrauchten, missbrauchten Fluch-Adjektiv gleich dem deutschen VERDAMMT, aus solchem bezaubernden, verzaubernden Mund?

„Oh-aah-oh, it's so wonderful. Komm rein in mich, Harry -- you know, oh-aah-oh, es ist ein so weiter Weg von der Klitoris bis tief in die Vagina rein, yayayaya -- aber d-u -- wirst ihn schon finden, du hast – h-a-s-t ihn gefunden -- du k-o-n-n-t-e-s-t -- k-a-n-n-s-t -- h-a-s-t ihn gefunden! Let's fffuck – oh-aah, I-like-it-I-love-it – because I love ye, ich liebe dich, lieb-dich-ach-lieb-dich, drum nimm-mich- oh -nimm-mich-oh-nimm-mich, yayayay, yayayaya – solch ein weiter Weg, und du fandst ihn!" Lys heisse Atemstösse, crescendo in seine linke Ohrmuschel blasend. Indes ihre Augen?

Alldieweil geschlossen wie in einer verzückten Hermetik. Da kommt Frank Sinatras *Strangers in the night* an die Stereo-Reihe.

„Strangers in the night / two lonely people we were. / Fremde in der Nacht / einsam, jeder allein, ganz allein. / Dann plötzlich bei schwachem Lichterschein / irgendwann, irgendwie, irgendwo / ein Gruss, unser erstes Hallo. / Zwei Irrwische in der Nacht, / bei denen, in mir wie in dir / das Leuchten der Liebe erwacht –"

Ly hat mich aus dem Rhythmus ihrer hitzigen Umarmung und, ja, Umschenkelung entlassen, ruht, während unser beider stosshaft föhniger Atem sich beschwichtigt, ganz dicht an mich gekuschelt, ihr Kinn auf meine Schulter gebettet, anscheinend in Lauschen versinkend. Frankie-Boys (der auch kein Bub mehr ist) schmelzender Weltbariton hat in diesem Song eine neue Nuance gefunden, fern allem Love-Song-Kitsch. In seinem gedämpften, sehr verhaltnen Vibrato schwingt etwas wahrhaft Un-Heimliches mit, das Im-Dunkel-Verirrtsein eines, der einer im Dunkel Verirrten begegnet, sie findet, FINDET, ritardando erhascht, Irrwisch hascht Irrwisch. Vielleicht Sinatras schönstes Lied. Aber warum hat sie mich nicht geküsst? denkt man noch. Bei all ihrer, unsrer wilden Wollust sich nicht mal bemüssigt gefühlt, einen während solch eines „Sündenfalls" (haha) obligater Zungenküsserei zu ...? Ist da Furcht vor Antibabypillen-Anhängern, die sich selbst bei einem Kuss der Gefahr aussetzen, die Lues zu kriegen, im Spiel? Weg von diesem halbierten Gedanken! Old Frankie-Boys Refrain:

„Strangers in the night / exchanging glances, / wondring in the night / what were the chances / we'd be sharing love ... / before the night was through. / Something in your eyes ... / was so inviting –"

Was überkommt sie denn jetzt? Bei „Fremde in der Nacht / die Blicke tauschen, / Blick aus Augen, deinen, / die mich berauschen" entringt sich ihr etwas wie ein leise gurgelnder Schluchzer. Wirklich ein Schluchzer? Jedenfalls erstickt Ly dies, indem sie mich, nun ja, ENDLICH küsst. Nicht auf den Mund, in mein linkes Ohr stupft sie eine Folge kitzelnder Zungenküsschen, lässt mit spürbar-unwahrscheinlich zierlicher Zunge, so als gehöre die einem Fabelwesen zu, Heiss-Nässliches in meiner Ohrmuschel rotieren. Wie das kitzelt, doch rühr ich mich nicht, wie gefangen in einem Traum –

Das mir unverständliche Malheur vollzieht

sich, bricht herein, als Gene Kelly in der Stereo-Reihe aufkreuzt mit seinem fidelen *We are dancing in the rain.* Motiv: der Regen soll uns nicht hindern, miteinander zu tanzen, im Gegenteil, die Gaudi fliesst eben grade darin, DASS wir im strömenden Regen miteinander tanzen, einerlei, ob uns die mit Regenschirmen Bewehrten für überkandidelt halten sollten. Im strikten Gegensatz zu *O sole mio* kann kein Unwetter unser Zweierglück trüben, vielmehr beschwingt's uns, und wie! Mir unerklärlicher Fauxpas mein Halbgeflüster:

„Wenn der Indianersommer vorbei ist und der Oktoberregen kommt mit seinen Dings, Äquinoktialstürmen, ausgerechnet dann haben wir uns telefonisch verabredet ... so für nachmittags um fünf vor Old Child's Tavern. Du hast bei dem Hundewetter Earl darling hier zuhaus gelassen, und ich ... der nie einen Regenschirm trägt, komm, in meinen Trenchcoat gemummt, aus Uptown zur Achten und seh dich schon von weitem und trabe, Grüsse winkend wie ein Wilder, well, sagen wir mal wie ein Halbwilder, seh dich vor Old Child's stehn mit deinem schwankenden Regenschirm ... und du siehst mich, siehst-mich-du-siehst-mich, wiewohl deine Polaroid-Brille von Regenwasser benetzt sein wird trotz Schirm ... und ich renne, renn auf dich zu, Tempo, mit dem ich heute vor Agnews Schweigender Mehrheit abgehaut bin, und krieg dich zu fassen, zu packen, und du kriegst mich, und dann *We are dancing in the rain* ... dann tanzen wir zusammen im Regen ... ganz egal, was die mit ihren Regenvogelscheuchen Vorbei-, Vorbeihastenden dazu sagen werden, wir tanzen. Tanzen. Tanzen. Das macht uns niemand nach, okay?"

„Ich s-e-h dich?!" Eine Art wilder Aufschrei, der mein Trommelfell vibrieren lässt.

Was hab ich da falschgemacht, falschgeraunt?

„I-c-h s-e-h d-i-c-h – von w-e-i-t-e-m – im R-e-g-e-n?!!"

Und jetzt weint Ly. Urplötzlich tonlos. Fast wie ein Winseln. Doch ihre heissen Tränen triefen, triefen. Mir, mir über Wange, Hals und Schulter, während ihr ganzer Leib ein einziges Zucken ist, kein rhythmisches mehr.

– – Knapp zehn Minuten später. Durch ein Haustelefon hatte sie Alvarah flüchtigst verständigt. Kein Abschiedswort von seiten Lys. Harry blieb's überlassen, sich aus dem Asphodelos-Schimmer des Apartments hinauszutasten, durch das mit Reling-Seilen und Rettungsringen verzierte Treppenhaus hinabzusteigen. Die Negerdame hatte die Haustür bereits aufgesperrt, ohne ihn eines Blicks zu würdigen.

„Wie geht's Earl?" fragte er, um etwas zu sagen.

„Schläft."

„Danke Ihnen, Ma'am."

„Nichts zu danken. Kommen Sie gut nach Haus."

Harry fand sich auf den Steinstufen der Vortreppe wieder, im noch immer hellen – New York auf dem Breitengrad Neapels – Indianersommer-Nachmittag der 46. Strasse Mittmanhattans.

Editorische Nachbemerkung

Ende der siebziger Jahre, genauer: im Sommer 1979, schloss Ulrich Becher das letzte Kapitel von *Abseits vom Rodeo* ab. Er spielte damals mit dem Gedanken an eine Fortsetzung der Novelle, die vor allem das Schicksal der blinden Lady Ly fokussieren sollte. Dazu kam es nicht mehr. Erst nach seinem Tod im Frühjahr 1990 wurde eine Kopie von *Abseits vom Rodeo* gefunden. Sie steckte in einer Plastiktüte, in der sie die achtziger Jahre gewissermassen überwintert hatte.

So erscheint die Novelle, die einen der krisenhaftesten Momente der amerikanischen Geschichte behandelt – die Zeit des Vietnam-Kriegs –, mit zehn Jahren Verspätung. Möglicherweise hat *Abseits vom Rodeo* dadurch nur an Aktualität gewonnen, denn nach einem Jahrzehnt der Reagonomics-Euphorie sind die Krisensymptome des Amerikanischen Imperiums wieder unübersehbar geworden.

Martin Roda Becher

ULRICH BECHER IM LENOS VERLAG

Roman
258 Seiten, gebunden

„Man kann sich vollaufen lassen mit Sprache. Prosa on the rocks."
Die Welt

„Becher, ein beneidenswert phantasiebegabter Geschichtenerzähler mit Sinn für das Irrwitzige und Absonderliche der Comédie humaine, verfügt über eine atemlose, den Leser geradezu verschlingende Sprache voll Vitalität und schöpferischer Brillanz."
St. Galler Tagblatt

ULRICH BECHER IM LENOS VERLAG

10 nicht so nette Geschichten
251 Seiten, gebunden

„Becher beschwört Situationen, die das Komische und das Tragische aus der Mitwisserschaft eines engagierten Beobachters zum vordergründig leichtfüssigen, dabei durchaus beispielhaften Erzählstoff gerinnen lassen. Da versteht einer die Menschen aller Schattierungen, ihren Kleinmut und ihre plötzliche Grösse – und liebt sie."
Die Weltwoche